AF453444

COLLECTION D'UN AMATEUR

OBJETS D'ART

ET DE

CURIOSITÉ

SUITE DE MÉDAILLONS DU XVIᵉ SIÈCLE

En Bois & Pierre Lithographique.

VENTE LE MERCREDI 15 AVRIL 1868

Mᵉ CHARLES OUDART

COMMISSAIRE-PRISEUR

Boulevart des Italiens, 26.

M. ÉMILE BARRE

EXPERT

rue de la Chaussée-d'Antin, 20.

RENOU ET MAULDE

IMPRIMEURS DE LA COMPAGNIE DES COMMISSAIRES-PRISEURS

Rue de Rivoli, 144.

CATALOGUE

DE

OBJETS D'ART

ET DE

CURIOSITÉ

Meubles anciens de la Renaissance, Louis XIII & Louis XVI
Deux jolies Tapisseries de Beauvais;
Pendule émaillée, par Cotteau; — Beau Cartel;
Bras, Flambeaux, Bronzes divers;

SUITE DE MÉDAILLONS DU XVIᴱ SIÈCLE

En bois et pierre de Munich, finement sculptés,
représentant des Portraits de Personnages historiques;

ORFÉVRERIE, TABATIÈRES, BIJOUX ANCIENS

Objets en cristal de roche. Ivoires, Éventails,
Miniatures;
Porcelaines de Sèvres, de Saxe & de Chine, Faïences;

PROVENANT DU CABINET D'UN AMATEUR

DONT LA VENTE AURA LIEU

HOTEL DROUOT, SALLE Nº 4

Le Mercredi 15 Avril 1868

Par le ministère de Mᵉ **CHARLES OUDART**, Commissaire-Priseur,
boulevart des Italiens, 26;
Assisté de **M. ÉMILE BARRE**, Expert, rue de la Chaussée-d'Antin, 20.

CHEZ LESQUELS SE DISTRIBUE LE PRÉSENT CATALOGUE

EXPOSITIONS

PARTICULIÈRE : Le Lundi 13 Avril 1868.
PUBLIQUE : Le Mardi 14 Avril 1868.

PARIS — 1868

CONDITIONS DE LA VENTE

Elle sera faite au comptant.

Les Acquéreurs paieront CINQ POUR CENT en sus du prix d'adjudication, applicables aux frais.

DÉSIGNATION

TAPISSERIES

1 — Tapisseries de Beauvais, capitonnées de soie rouge, Formant deux portières, bouquets de fleurs encadrés dans une élégante bordure.

MEUBLES, BRONZES

2 — Belle et riche Table en noyer marqueté de cuivre et de nacre, à sujets de figures et de fleurs; au milieu un beau bouquet.

3 — Petit Meuble Louis XIII en ébène avec incrustation de cuivre gravé.

4 — Ancienne Table de toilette Louis XV en bois de rose et à marqueterie de fleurs, glace et tiroirs; bronzes dorés.

5 — Jolie Table ancienne en acajou, à galerie, à pieds cannelés, bronzes dorés au mat et à l'or moulu, marbre d'ancienne brocatelle d'Espagne. Époque Louis XVI.

6 — Ancienne Console à galerie, bronzes dorés. Époque Louis XVI.

7 — Ancienne Table à jeu en acajou, cuivres et pieds cannelés.

8 — Jolie petite Étagère ancienne, de Martin, fond laqué rouge, rehaussée de feuillages et ornements dorés.

9 — Jardinière en acajou, pourtour cannelé.

10 — Boîtes en marqueterie.

11 — Deux autres Boîtes à argenterie.

12 — Beau Cartel Louis XV, à serpents et bouquets de fleurs, doré à l'or moulu, mouvement de Ch. Voisin. Modèle rare.

13 — Charmante Pendule et son socle, de Martin, fond laqué vert rehaussé de fleurs, cuivres très-fins. Époque Louis XV.

14 — Paire de Bras anciens, à deux lumières, doré à l'or moulu. Époque Louis XVI.

15 — Autre Paire de Bras Louis XVI, à deux lumières, doré à l'or moulu.

16 — Deux petits Flambeaux anciens, ciselés et dorés. Époque Louis XVI.

17 — Une paire de grands Flambeaux dorés à l'or mat. Époque Louis XVI.

18 — Petit Cadre ancien, ciselé et doré. Époque
Louis XV.

19 — Encrier en ancienne brocatelle d'Espagne, à gorges
et à moulures.

20 — Groupe de deux Enfants jouant, par Marin. Signé
et daté.

21 — Portrait de Mlle B. de la Charité, par Nini.

22 — Vidrecome en grès blanc, à dessins variés. Monture
de l'époque.

23 — Deux petits Bas-reliefs finement exécutés.

24 — Miroir d'ébène sculpté, incrusté de très-beaux ornements d'argent, couronne dans le haut. Époque
Louis XIII.

25 — Cadre ovale, sculpté et doré. Travail italien.

26 — Petite Pendule Louis XVI, en bronze doré, sujet
de femme et Amour, avec cadre richement émaillé par
Cotteau.

27 — Deux Flambeaux Louis XVI, en bronze doré très-
finement ciselé.

28 — Mortier orné de portraits, d'armes papales et de
symboles. Spécimen assez rare.

PORCELAINES

29 — Deux belles Coupes en ancienne porcelaine du Japon, à fleurs, rehaussées d'ornements dorés. Monture Louis XVI, très-finement ciselée.

30 — Deux Jardinières de forme ronde, en ancienne porcelaine du Japon, les anses formées par des papillons.

31 — Deux Vases, modèle potiche, à couvercles, en très-ancienne porcelaine du Japon, à fond blanc orné de personnages, sur leurs anciens socles en bois de fer, sculptés à moulures.

32 — Beau Vase à gorge en céladon bleu fleuri, avec anses chimériques, sur son ancien socle de bois de fer sculpté à jour.

33 — Écuelle en ancien japon, fond bleu, rouge et or, avec son plateau et son couvercle.

34 — Bol en vieux chine, à paysages et ornements bleus sur fond blanc gaufré, le socle en bois de fer à jour.

35 — Pot de l'Inde et son Couvercle.

36 — Bourdalou de vieux chine, à fleurs, sur fond blanc, bordure bleu-turquoise.

37 — Petit Plateau de Chine.

SÈVRES

38 — Une Tasse de *Vieux Sèvres*, pâte tendre, à rubans bleus, guirlandes de feuillages et œils de perdrix.

39 — Une Tasse de *vieux sèvres*, pâte tendre, à fond blanc, à rubans et guirlandes de fleurs.

40 — Petite Tasse de *vieux sèvres*, pâte tendre, fond bleu à œils de perdrix et décors de pensées.

41 — Pot à crème en *vieux sèvres*, pâte tendre, fond blanc à bouquets de fleurs.

42 — Sucrier en *vieux sèvres*, pâte tendre, fond blanc à fleurs, le couvercle orné d'une fleur en relief pour bouton.

43 — Tasse en *vieux sèvres*, pâte tendre, fond blanc à fleurs.

44 — Deux petits Pots, fonds blancs, à décors d'oiseaux.

45 — Ue Plateau de *vieux sèvres*, pâte tendre, fond blanc à fleurs.

SAXE

46 — Deux petites Tasses de *vieux saxe*, à fleurs sur fond blanc et à fond gaufré.

47 — Grand Bourdalou en porcelaine d'Allemagne, à décors de fleurs.

48 — Petit Plateau de Saxe, à bords contournés et à fleurs.

FAIENCES

49 — Beau Plateau en faïence de *Rouen*, à anses enroulées.

50 — Petit Vase en verre de *Venise*, fond blanc, gravé, bordure bleue.

51 — Deux petits Bas-Reliefs en or repoussé, représentant des jeux d'enfants.

ARGENTERIE

52 — Très-bel Huilier en argent ciselé, de forme contournée, ornements de fruits et de *rinceaux*. Époque Louis XVI.

53 — Un Moutardier en argent ciselé, à canaux sur les bords. Époque Louis XVI.

54 — Sucrier en argent, de forme haute, à anses et ornements repercés à jour.

55 — Vidrecome en argent doré, de Louis XV, orné de mascarons ; le couvercle est surmonté d'un personnage en costume polonais.

56 — Petite Veilleuse en argent repoussé. Époque Louis XIV.

BIJOUX, IVOIRES, MINIATURES

57 — Un Étui en or ciselé. Époque Louis XVI.

58 — Charmant petit Étui en or ciselé, à ornements en or *vert*, trophées de musique et gurlandes de fleurs. Époque Louis XVI.

59 — Petite Boîte en or.

60 — Porte-Plume en poudre d'écaille violette semée d'étoiles en or, ornements en or, époque Louis XVI ; étui en galuchat.

61 — Petite Boîte de forme carrée en lapis-lazuli, monture à cage en or. Époque Louis XVI.

62 — Petite Cassolette en ancienne porcelaine de Saxe ; paysages et personnages ; monture du temps en argent doré.

63 — Étui en vernis Martin à fond doré, orné d'Amours jouant dans le feuillage.

64 — Bel Éventail à feuille ancienne, bois en nacre de
perle, ornements et personnages à fond d'or. Époque
Louis XVI.

65 — Autre bel Éventail à feuille ancienne, bois d'ivoire
enrichi de peintures.

66 — Deux charmantes Pièces en ivoire, très-finement
sculptées, ornées de caryatides de femmes et de petits
bas-reliefs.

67 — **Tabatière** en malachite montée à cage en or;
le couvercle est orné d'un émail représentant trois
femmes de l'époque Louis XIV en costumes mytholo-
giques.

68 — **Très-jolie Bague** en or, ornée de deux brillants et
d'un petit portrait de seigneur.

69 — Belle Coupe en agate avec monture en vermeil
émaillé, ornée de pierres fines.

70 — Autre Coupe en spath-fluor avec monture en argent
repoussé. Époque Louis XIV.

71 — Vase en cristal de roche avec monture en bronze
doré.

72 — Petit Seau en cristal de roche avec anse.

73 — Jolie Boîte ovale en cornaline orientale avec monture en or, ornée d'émaux avec reliefs représentant
des guirlandes de fleurs.

74 Boîte en écaille piquée d'or et ornée de nacre.

75 — Très-beau Vidrecome en ivoire ; l'anse est formée par une tête de femme. Travail du xvie siècle.

76 — Très-belle Miniature, gouache par Mme Vallayer-Coster : la Marchande de fleurs.

77 — Plaque en cristal de roche sculptée en creux, avec entourage en pierres dures.

78 — Miniature représentant les trois Grâces, par Lawreince.

ÉMAUX DE LIMOGES

79 — Coupe en émail du xvie siècle; l'intérieur représente un sujet bibiique; au revers des têtes d'anges, sur le piédouche des sujets de chasse.

80 — Très-belle Plaque, Tête de Femme de même époque en émail, de Léonard Limosin, avec fleurs de lis en or.

81 — Deux Médaillons ronds en émail de Limoges, portraits d'homme et de femme, même époque.

PIERRES LITHOGRAPHIQUES

82 — Médaillon représentant un buste d'homme à barbe coiffé d'un chapeau à larges bords avec inscription : *Soli Deo Gloria, 1525.*

83 — Potrait de François Ier, buste de profil tourné vers
la droite; autour du médaillon on lit l'inscription :
Franciscus I, *D. G. Rex Francie.*

84 — Autre médaillon représentant un portait de seigneur le cou entouré d'une fraise, avec l'inscription
Helmich Ochsenfelder œta. 21 AN. 1577. Au revers une
armoirie avec l'inscription : *Got ist mein trost in aller
not.*

85 — Portrait de Seigneur revêtu d'une armure et coiffé
d'une toque.

86 — Potrait de Luther avec inscription latine.

87 — Médaillon en pâte de verre opale représentant un
personnage vu de profil, en costume du xvie siècle,
avec un collier d'or.

BOIS SCULPTÉS

88 — Superbe Médaillon en bois sculpté représentant
François II, vu de trois quarts, la tête couverte d'une
toque à plume; il porte un manteau garni de fourrures, un collier d'ordre dans le fond du médaillon,
l'inscription suivante gravée en creux : *Franciscus D.
A. Delfinus Francorum.*

89 — Précieux petit Médaillon représentant un personnage tête nue, avec l'inscription : Daniel i de i.

90 — Médaillon représentant le portrait de Raimond
Fugger, buste tourné vers la gauche. Au revers un
écusson portant deux fleurs de lis, et autour l'inscription : *Raimond. Fugger. August. Vin. M. D. XXV.
æt.* **XXXV.**

91 — Portrait de Henri IV à mi-corps; il est vêtu d'un
riche costume sur lequel on voit l'ordre du Saint-
Esprit. Médaillon ovale dans sa riche bordure très-
finement sculpté.

92 — Médaillon rond, buste de personnage à barbe, tête
nue, profil tourné vers la droite avec l'inscription :
Christophori Muelichi M. D. **XXIX.** *Ætat. suæ. ann.*
XXXVI.

93 — Petit Buste de personnage, la figure tournée vers
la gauche, coiffé d'une toque.

94 — Tête d'homme, profil tourné vers la gauche.

95 — Buste de profil tourné vers la droite et à mi-corps;
il est revêtu du manteau, sa tête est couverte d'une
toque à plumes.

96 — Autre Buste de profil tourné vers la droite, personnage à barbe et longs cheveux, vu à mi-corps, revêtu
d'un manteau de fourrures avec un ordre de cheva-
lerie et coiffé d'une toque.

97 — Portrait d'homme à mi-corps, profil tourné vers la
gauche; il est revêtu d'un manteau et a la tête couverte d'une toque à crevés.

98 — Portrait de Léopold, empereur, profil tourné vers
la droite avec l'inscription : *Léopold D. G. Rom. imp.
Hung. Bohem. Rex 1658.*

99 — Petite Tête de femme, profil tourné vers la gauche.

100 — Portrait de Guillaume III et de Marie son épouse.

101 — Médaillon en pâte.
Portrait de Joannes, duc de Montaigu.

102 — Charmant Médaillon représentant une femme et un Amour dans un paysage près d'un monument.

103 — Grand médaillon représentant un vaisseau avec l'inscription : *Societas Indiæ orientalis fœderat. provinciarum.*

Renou et Maulde, Imprimeurs de la Compagnie des Commissaires-Priseurs, rue de Rivoli, 144.　　　13501